직소폭포를 보다

지혜사랑 246

직소폭포를 보다

천금순

지혜

시인의 말

망연자실의 한동안의 삶들도 삶이리라
다 빠져 버린 민 머리위에
꽃 화관을 쓰고
열 번째 봄꽃이 피고 졌다

그리고
기적처럼 새파랗게 솟는 잔디인 양
새 봄이 얹어지는

살아서 환한 연초록을 본다
모두에게 감사하다

2022년 봄
천금순

차례

1부

2부

3부

4부

• 일러두기
  페이지의 첫줄이 연과 연 사이의 띄어쓰기 줄에 해당할 경우 > 로 표시합니다.

1부

방드르디를 읽다

방드르디를 쓴 미셸 투르니에가 죽었다

계절의 순환 속에
어김없이 봄이라는 계절을 확인하듯
일제히 수직으로 솟아오르던 목련도
벚꽃도 눈보라처럼
내 등뒤로 흩날리며 다 졌다
지는 것은 아름다운가
아름다움은 주위에 허무를 만들어내고 있다
벽에 걸린 달력의 커다란 숫자를
나는 확인하고 있다
또한 메밀국수를 끓이면서 3분을 재고 있다
나는 아직도 매일, 매 시간, 매 분, 그 다음날
시간, 혹은 분 쪽을 향하여 (기울어지고) 있는가
땅 속에 묻힌 씨앗처럼
바윗덩어리 속에 갇혀 있었지만
지금은 그늘을 드리우는 거대한 나무처럼
섬의 주인이 된 방드르디 (그리스도가 죽은 날)
저 피고 지는 꽃들의 순간적인 눈부심이야말로
심층 속에 묻혀 있던 평화가
화산 폭발하듯 개화한 것이 아닌가

"시간을 낭비하지 마라 그것은 생명을 이루는 바탕이나니."

어둠의 시간

바람 인다
풍랑이 쳐도
파도가 거세도
끝까지 바다에서
견뎌야 하는 것이 닻이 듯
내 헐벗은 몸이
벌을 서 듯
두 팔 위로 올리고
겨울나무인 양
아니
십자가 위
예수인 양
그렇게 매달려
혹독한 고통의 긴 겨울을
맨몸으로 통과한다

눈보라

저 공중에서
때로
세상의 흙 위에 닿는 순간
그 사이
삶과 죽음 사이를 통과하며 휘몰아치는
보이는 것과
보이지 않는 것
이미 존재하지 않는
6399병동 창가에 와 닿는 눈발을 보라
닫히는 문과 열려 있는 문 사이
뿌옇게 보이지 않는 손가락 사이
그것은 번개처럼 빠져 나간다
시간은 단호하다
몸 안의 세포로 흐르던
붉디붉은 함초 같은 강물이
어디론가 빠져나가기도 하고
때로 콜라비색으로 정지해 버리기도 한다
내 오른쪽 가슴 일부
그 바람의 소용돌이가 자진몰이로 휘몰아가고
산발한 머리카락
민머리로 사라지고 말
결국 빈 가벼움

내 안의 평화 슬픔이었나 기쁨이었나
눈보라여

숨

어둠속에 갇힌 숨, 그 숨을 쉬고 있는가
그대 숨 시계 초침소리와 빗소리가 잇대어지는

사람은 평생 5억 번 정도 숨을 쉰다는데 숨을 한번 들이
쉬었다가 내 쉬는 동안
심장은 네 번 고동을 친다는데

지금 내 눈썹 밑으로 내려가는 저 달의 숨, 별의 숨, 꿈의
숨
다시 해의 숨을 따라
아니 어느 문장의 숨을 접고 그도 힘들어

척추의 맨 밑에서부터 머리 꼭대기까지 상승시키는 호흡
조절
들숨과 날숨의 요가수행
이 고요 라마나 마하리쉬의 나는 누구인가

다시 문을 열고
커피의 향을 찾아 커피의 숨을 고르다가
코로나19 감염 여파로 마스크를 쓰고 코와 입을 막고 짧게
작은 숨 새우 숨을 몰아쉬는

>
　　다시 문을 걸어두고
　　천식으로 나의 숨찬 숨도 고르다가
　　땅의 숨 바람의 숨 하늘의 숨을 찾아
　　하느재 고개를 넘는 숨 나뭇가지

　　시옷 받침 지게인 양 세워두고

　　마른 숲과 숲 사이
　　숨이 저 혼자 지쳐
　　마태복음 13장 22절로 내려앉는
　　말씀의 숨

사람꽃

고대구로병원 건널목 신호등 앞에 서 있습니다
내 기억 속에 4, 30, 5란 숫자들이 맴돕니다
오늘 30번의 방사선 치료가 끝나는 날
다시 파란 불이 켜졌습니다
나는 방사선과 양대식 교수의 미소를 만나러 갑니다
어둠 속 까맣게 타 들어간
내 가슴을 어루만져주는
봄꽃 화사한 미소를 만나러 갑니다
환자의 내면의 고통과 병을
마음으로 치료하는 그를
나는 사람꽃이라 부르고 싶습니다

어떤 위안

새벽 3시
까뮈의 페스트를 읽고 있습니다

새벽 5시
이른 새벽 산골 어딘가에서 듣던
반가운 새소리가 들립니다

베란다 앞쪽 새소리는 고기고기 고도령
부엌 앞쪽 새소리는 흉내 낼 수 없는 명쾌한,

페스트의 한 구절
"신의 사랑은 몹시 힘든 사랑입니다
그것은 자신을 전적으로 포기하여 자기 자신을
돌보지 않는 것을 전제로 합니다"

시간은 전염병처럼 아무 대책 없이 흘러가고
새소리는 끊임없이 들립니다
어떤 위안입니다

새벽 5시 15분
새소리는 들리지 않습니다
그리고

그대

그대
밤새 앓는 소리
난 잠을 이룰 수가 없다
반쯤 열어 둔 창
반달이 서서히 오른쪽으로 이울고 있다
달아 난
내 잠과 더불어
내 말똥말똥한 눈망울도 이울고 있다
새벽 3시
시계 초침소리
아으 다리야
아으 엉치야
아으 어깨야
아으 힘들어
아으 엄마
하루도 빠지지 않고
온몸에 맨소래담 바르고
출근 도장을 찍으러 가는 그대
온몸으로 우는 절정의 매미소리 뒤로 하고
온몸으로 우는 풀벌레 소리 뒤로 하고
온몸으로 우는 달빛 뒤로 하고
어느 새
그대 앓는 소리로 가을 깊다

비단길

달이
머리 위에 떠 있고
나는 새로 산
쇼팽의 음악을 듣고 있는데
그는
황병기의 비단길을 틀라한다
고된 노동에서 돌아 온 그는
이내 코를 골고 있다
다시
창문을 열어보니
달이
구름 사이
비단길로 흐르고 있다

양평에서

춥다
빈 들녘 아직 추수하지 않은 벼인 양
홀로 역앞에 서서
누구도 마중 나올 이 없는
버스터미널 앞
하루 두 번 밖에 없는 버스를 기다리며
나는 추위로 옷가지 하나를 사 입었다
버스는 서리 맞은 산수유마을
이곳저곳을 돌고 돌아
아주 천천히 갈 듯 말 듯
할 일 없는 나처럼 가고 있다
나는 수곡2리 마을 회관 앞
다친 손을 싸매고 나온 그녀를 만났다
그녀의 가을 수확은 풍성하다
이곳도 빈집이란 없단다
떠나는 내 배낭에 그녀가 싸 준
말린 다래순과 청국장 몇 개가 들어있다
아직 먹지 않은 길 위의 식사
빵 한 조각과 계란 한 알
나는 다시 추운 마음으로
버스터미널 역 앞에 서 있다
막차를 기다리며

팔당대교를 건너며

저 눈부심 좀 봐
눈부심이 어찌 바람에 우수수 지는 황금빛 은행잎뿐이랴
지금 흐르고 있는 저 강물
어제의
그 반짝이던 고뇌의 눈물
다 어디로 흘러 갔나
지금 살아있어서
어제의 그 일몰
오늘의 일몰 다 눈부심 아니랴
강 건너 수종사 종소리
물소리 되어 흐르는 두물머리여
그대의 하모니카 소리도 강물이어라
두 물줄기 서로 만나
몸 부비는 게 어찌 바람뿐이랴
다 죽고 나만 남았어
노인의 한숨 섞인 푸념도
내 몸 속 추위에도
바람 분다

수의壽衣

베옷 한 벌 입으시고 그렇게 가실 것을
아들 며느리 입을 삼베옷 손수 마련해놓으시고
양수 두물머리 거슬러 부용리 계곡 어디쯤
한 줌 재로 뿌려져
강물 어디로 흘러가실 줄이야

장례식장 앞 큰아버지에게
둘째 아들 손주 울고불고
할머니 화장하지 말자고
납골당에 모시자고 애원하는
이 기막힌 사연을 아시는지

큰며느리에게 평소
나는 절대 요양원에도 안 가고
죽어도 화장은 안 할 거라고 당부하듯 다짐했건만
막내아들 치매 판정 전 명의 이전해 선산 팔아
오갈 데 없는 신세되어
허무하게 가셨군요
정에 울던 손주 카톡엔
할머니 좋은 데로 가시라고

그래요

삼베옷 놔두고 실밥 풀린 흰 나일론 상복 입고
자꾸 흘러내리는 허리춤 위로 올리며
마지막 조식 올리며 세 번 곡하며
할머니 좋은 데로 가시라고

흐르는 강물 당신을 안고
어디론가 또 흘러가겠지요
한 줌 재로
한 자락 구름이었다가
강물 따라 그렇게 흘러가겠지요

꽃이 진다

꽃이 피었다
그러나 무수히 꽃들이 지고 있다
피어 보지도 못한 꽃들이
이 세상은 어둠이다
땅도 바다도 하늘도 어둠이다
아니 끝없는 암흑이다
온 나라를 어둠에 가둔
이 사월이 너무 잔인하다

남은 가족들의 힘겨운 시간이 이어지고
슬픔에 빠져 우는 것도 지쳐
이것이 현실이 아니고 꿈이런가한다
무겁고 침통한 몸서리쳐지는
아비 어미의 처절한 애간장 끓는 시간
시간은 두려움을 앞둔 사람에겐 너무 빠르고
기다리는 사람에겐 너무 느리며
슬퍼하는 사람에겐 너무 길다
악몽 같은 시간이 이어지고 있다

꽃이 진다
세월호 침몰 9일째
순식간에 지난 것 같기도 하고

파란만장했던 9년처럼 느껴지기도 한다

세월호 희생자들의 시신 확인이

천막 속에서 이루어지고 있다

그 천막 속에는 끝없는 암흑이 있다

사랑이 빛을 잃고

절망으로 바뀌어 거기에 누워있다

아비 어미에게 지금 이 세상 모든 것이 지옥이다

숨 쉬는 것 먹는 것이 지옥이다

이제 천막 속에서

아비어미는 목 놓아 운다

그 울음은 어떤 곳에서도 들어보지 못한 소리

울음이 아니라 절규다

모든 희망을 버리고 지옥 앞에선

아비 어미가 애타게 신을 붙잡는 소리다

인간이 절망의 벼랑에서 신을 찾을 때 내는 비명이다

온 세상의 아비 어미 모두가 속으로 비명을 지르고 있다

"어떻게 봐"

지옥문과 같은 천막으로 걸음을 옮긴다

이 끔찍한 일이 백 번을 넘겼다

아니 이 백 번을 넘겼다

아흐 꽃이 진다

세월호 침몰 90일 째
아니 꼭 살아 돌아오기만을 애타게 기다렸는데
그러나 그것마저도 지쳐
지금 바라는 건 아이들 온전히 찾는 것
찾아서 얼굴이라도 보고 안아 보는 것

"엄마는… 하늘나라에서도 행복해야 해 꼭 또 만나자"
한 어미가 쓴 쪽지가 바람에 흔들린다
여기저기 노란 리본들이 말한다
촛불들이 말한다
"꽃 같은 우리 아이들 봄꽃은 활짝 피었는데
피어보지도 못하고 갔구나. 미안하다.
너희들을 지켜주지 못한 어른들을 용서하지마라"

다시, 꽃이 피었다
밤바다 추위 속 아비규환의 비명소리
살려달라고 몸부림 쳤을
진도 앞바다는 아무 말이 없다
거센 파도와 물살 뿐
긴 기다림의 땅이 되어버린 팽목항
푸른 이끼만 물살에 철썩이고 있다

세월호 참사는 끝나지 않았다

겨울광장에 서서

보라
우리는 왜 겨울광장으로 모여 촛불을 밝히는가
어둠 속 제각기 촛불을 켜들고
남녀노소 어린아이 할 것 없이
쌍둥이 형제 바울라울이도 제 아비 손을 잡고
한 손엔 촛불을 들고 광장 한복판에 나섰다
지금 아이는 이 광장을 환하게 밝히고 있는
촛불들을 보면서 무슨 생각을 하고 있을까
사람 하나하나 모인 수백만 민중이
마치 난바다 파도치는 물결로 부르짖으며 구호를 외친다
입으로만 외치는 구호가 아니다
어제의 희생과 민주주의를 위하여 외치고 있는 것이다
꽃이 역사라고 어느 시인이 말했다
너와 나 서로 맞받아 새로운 결단을 내릴 때
새로운 세상은 열린다
새로운 역사의 시작이다
수백만 촛불이 횃불이 되어
민중혁명의 소리로 빛이 되는가
저마다의 깃발을 치켜들고
행진의 물결 평화대행진이 이어진다
피어보지도 못한 어린 꽃들에게
흰 국화 한 송이를 바치고 돌아서
눈물을 훔치는 노란 풍선들이 하늘로 날아간다

다시, 봄

천지에 꽃잎 휘날리고
새로 난 연초록 눈부십니다
그러나
기억의 저편
아직 깊고 어두운 물속
여전히 차갑고 어두운 물속에 잠겨있습니다
이 시대 어머니 아버지는
일년 내내
거리에서
광장에서
통곡하고 있으며
언제 집으로 돌아갈지 알 수 없습니다
어제의 만개한 꽃잎들
오늘은 바람에 지고
지는 꽃잎들의 힘은
지켜보는 아이들을
인식하는 희망에서 나옵니다
물에 새겨진 암각화는 지울 수가 없습니다

2부

직소폭포를 보다

봄바람을 타고 변산반도 암봉 쇠뿔바위봉으로 간다
국립공원 휴식년제에서 풀려 난지 2년이 지났는데
산불방지로 못 오른다 하여 발길을 돌려
실상사 직소폭로로 향했다
낮은 보리들이 파릇파릇하고
냉이를 캐는 아낙네들
오랜 실상사 절터 뒤
암자에서 들려오는 반야심경 목탁소리
세상사 번뇌 사라지듯
새소리로 귀를 씻고
직소폭포 한줄기로 마음을 비운다
지금 떨어지고 있는
저 폭포는
삶과 죽음을 동행하고 있는
시詩의 마음 아닐까

도솔암 가는 길

꽃무릇 다 진 선운사
고즈넉한 새벽
이 고요
도솔암 가는 길
떨어진 도토리 가득하다
물소리
새소리
바람소리
아니
내 등뒤
누군가의 노랫소리

백운산의 봄

이산 저산 꽃이 피니
남녘 어디 산자락마다 환하지 않은 곳 있으랴
봄의 화신이 섬진강변의 매화를 깨워
백운산 자락 골짜기 골짜기마다
눈 온 듯 환하다
매화 향기 진동하고
꽃구경 나온 인파로 길은 막히고
그에 아랑곳 않고
매화는 산수유를 산수유의 노오란 영혼은
벚꽃의 꽃망울이 터져 나오도록 재촉하고 있다
벚꽃이 지면
섬진강변의 배꽃도 수줍게 하얀 미소를 지을 것이다
지리산 자락 꽃비산 가파른 산 중턱에 앉아
내 숨이 차오르듯
하얀 숨을 가쁘게 몰아쉬고 있는 매화와
이 봄을 함께 하고 있는 것이다

어느 소식

지난 가을
첩첩산중 다친 다리 절룩이며
오디 한입 입에 물며 걷다가
지리산 치맛자락 노루목마을
아코디언 민박집에 하루 머물었다
지리산을 돌고 돌아 소릿길을
지리산에 둘레 쳐 놓았듯이
민박집 주인은 아코디언을
신명나게 접었다 폈다 하는 것이었다
낡은 사진첩인 양
그의 인생여정을 펼치는 것인지도 몰랐다

그리고 한 해가 흘렀다
먼길인 양
그 주인은 저 세상으로 떠났다
아코디언소리 아득한데
주인 없는 빈 방엔
낡은 아코디언만 덩그러니 놓여있을 게다

소풍

어제의 숨찬 태안반도
땅끝 마을
만대항을 뒤로하고
황금들판의 벼들 위로
안면도 소나기 퍼붓는다
자연휴양림을 지나
천상병 시인의 옛집으로 가고 있다
시인이 살았던 집
시인은 없고
빈 부뚜막의 솥단지 하나
꽃 화분 두어 개
비에 젖고 있다

만대항 가는 길

태안절경 천 삼 백리 솔향기 길을 간다
가느실에서 할아버지 한 분
녹슨 낫자루 하나 들고 버스에 오르신다
안내양이 부축하며
그 삭은 낫은 뭣 하러 주워왔냐며 웃는다
나 다리 아프고 숨차서 못 간다고
꾸지나무꼴도 못가서 주저 않는다

백운계곡을 지나며

운리에서 참나무 숲길 따라 덕산으로 간다
마근담 마을을 두고 오르내리는 숲속
저만치 천왕봉이 보인다
갑자기 세찬 비 오므로
마근담 농촌체험마을에 하루 머무르려니
문이 굳게 잠겨 있다
야생난을 캐는 남자 이야기를 하다가
먼저 계곡으로 내달아 버린 물소리
그 물소리 점점 커지면서 백운계곡을 만난다
아기자기한 폭포와 소를 품고 있는
남명 조식선생이 머물던 곳
백운동 칠현이 자주 모여
용문암 개울 열여덟 구비에 이름을 붙여
시를 짓던 곳을 건넌다

곁길로 나간 비 오는 순례길
나무 한그루 풀 한 포기에도 사랑을 보낸다

겨울 하회마을로 가서

겨울 눈 쌓인 하회마을로 간다
풍산 류씨가 600여 년간 대대로 살아온 마을
외가와 초가가 잘 보존 돼 있는 마을을
's'자 모양으로 낙동강이 감싸안고 흐르고 있다
만송정 솔숲을 지나니
백사장엔 아무도 없다
저 건너
눈썹인 양 깎아 지른 기암절벽의 부용대
나는 소리 질러 뱃사공을 불러본다
저 만치 눈 시린 강을 건너오는 물소리
나룻배로 살얼음 강을 건넌다
고택 옆을 지나 부용대에 오르니
하회마을은 신비롭기 그지없다
먼데서 전해오는 소식 아랑곳 않고
겨울 낙동강은 유유히 흐르고 있다

오리서원

오리서원에 강좌가 있다
다산 정약용 연구소 박석무소장의 강의가 한창이다
이 시대의 선비정신이 그리운
칠판에 간추려 놓은 일곱 가지 덕목
한층 고조된 카랑카랑한 목소리의 열강
닫힌 문 더위로 연신 땀을 닦으시며
강의 도중 개똥도 몇 번 등장한다
효제 독서 근검 용기 지혜 분노 겸양
한문의 여사란 여자도 뛰어난 선비란다

폼페이

순간 어둠이었다
내가 로마에 가지 않아도
국립중앙박물관 안
폐허가 된 폼페이를 볼 수 있었다
기원 전 80년에 로마제국으로 흡수된 폼페이
화산 폭발로 밀려드는 화산재와 뜨거운 가스로
순간 도시와 살아있는 모든 것을 파묻어버린
남아 있는 것은 아무것도 없었다
그리스의 영향을 받아 다양한 신들을 숭배한
도시 곳곳의 신전과 화려한 벽화와 조각품들
아름다움과 사랑의 여신인 비너스
신화 속 남녀의 사랑이야기
아니 그 모든 것들이
화쇄 난류로 인해 파묻히고 질식시켜버렸다
고통의 일그러진 모습 그대로 쭈그린 채
손으로 입과 코를 막고 있는 남자
엎드린 채 옷으로 얼굴을 가린 여자
온몸이 뒤틀린 채 죽어 간 경비견
수많은 해골들과 뼈들이 얽히고설킨
죽음의 순간들
화산재 속에 숨어있던 것들을 그대로 담아
캐스트로 만들어 화석화되어
다시 돌아 온 폼페이

병실에서

이제 곧 집으로 갈 것이라고 믿었던
암 투병 중인 사촌오빠
병실에 그대로 누워
마른 입술에 거즈를 물고
혀도 굳어 말을 제대로 못하고 있다
가쁜 숨 몰아쉬며
마지막으로 하늘이 보고 싶다며
창가 병실로 옮겨달라고 했다
마침 창밖엔 눈발이 날리고 있었다
머리맡엔 성경책이 놓여있고
귀엔 이어폰을 꽂고
찬송가를 듣고 있는 사촌오빠
늘 보면 한 마디
밥 먹었냐고 묻던 당신은
지금 무슨 생각을 하고 있나요
침묵하고 있는 순간에도
잠자고 있는 순간에도
눈발은 날리고

어둠

근로자의 날 오늘 하루 쉬는 날이라고
종일 누워 티비를 보던 그가 티비를 켜 놓은 채
새벽 두시 코를 골고 자고 있다
뉴스에선 연신 네팔 대지진으로 6000명이 사망하고
15000명이 부상했다는 보도
아마도 15000명이 사망했을지도 모른다는 예측
인간이 예측할 수 없는 재해야말로
순간 모든 것이 어둠인 것이다
순간 어둠인 것이 어디 지진뿐이랴
노동에서 돌아 와 밤새 끙끙 앓고 있는
이 어둠도 어둠 이상의 그 무엇
잠이 오지 않는 새벽
책꽂이에서 팔파사 카페를 찾아 읽고 있다
나라안 와글레가 쓴 네팔
그 슬프고도 아름다운 이야기
히말라야 구릉의 아름다운 풍경
그러나 정부군과 반군의 내전으로 인해
고통 받고 있는 네팔 사람들의 슬픈 상황
그리고 지진으로 폐허가 된
사월의 카투만두

촛불

어둠 속 겨울광장으로 간다
사촌 언니는 홍콩으로 여행을 가고
나는 민머리에 털모자를 뒤집어쓰고
어둠 속 겨울광장으로 간다
마침 외국에서 여동생이 안부전화를 하다가
이 추운 날 몸도 안 좋은데
거긴 왜 가냐며 성화를 한다
쌍둥이 형제 바울라울이도
율리와 리환이도 족두리를 쓰듯
머리 위에 촛불고깔을 쓰고
한 손엔 촛불을 들고
제 아비어미 손을 잡고 광장에 서 있다
수많은 촛불바다를 이룬
파도처럼 출렁이는 촛불의 함성
촛불 혁명이여

3부

바다의 무덤

저 검은 동해
봉길리 앞바다
대왕암 바위 속 문무대왕릉
십자형 수로 가운데
봉긋 솟은 화강암 위
갈매기 떼 꽃인 양 앉아있다
"내가 죽으면 화장하여 동해에 장례하라
그러면 동해의 호국용이 되어 신라를 보호하리라"
문무왕의 유언에 따라 바다의 무덤이 봉긋 솟았다
쏴~아 주상절리의 절창
사람과 돌과 바다가 하나 되어
출렁이고 있는 저 무덤들

다시, 성산

삼년 만에 다시 성산을 찾았다
비 오는 성산
하늘도 바다도 성산도
잉크빛으로 번지는 어둠
그 어둠 속
사람들이 떠오르는 해를 보기 위해
긴 사다리를 타듯
성산을 오르내리고 있다
생의 사닥다리
꿈에 본 하늘 꼭대기에 닿은 야곱의 사다리
그 아득한 꼭대기를
살아서 성산을 볼 수 있으니
이 또한 어둠도 어둠만이 아닌 것
보이는 것 뒤에 보이지 않는 것
용궁민박집이 해룡민박으로 바뀐 잠자리
나는 창문을 열어 둔 채
한동안 꿈을 꾸듯
그렇게 어둠 속
성산을 오르내리는 사람들을 지켜보고 있다

섶섬 할망

제주 외돌개로 향하다 세찬 소나기를 만났다
해안가 근처 섶섬 할망 쉼터
마침 늙은 해녀는
보말을 넣은 미역국을 오물오물 먹고 있었다
그 모습이 문득 제주의 검은 돌을 보는 듯 했다
비를 피해 들어 간 나는 국수 한 그릇을 주문했다
비닐 천막 사이로 방금 자고 일어난 듯
이불이 펼쳐져 있고 벽엔 언제 벗어 놓았는지
늙은 해녀의 몸의 비늘들이 묻어 있을
빛바랜 낡은 해녀복이 걸려있었다
찌그러진 탁자 위
지난 신문들이 세찬 비바람에 펄럭이고
검은 돌 너머
바다 위로 빗줄기가 튀어 올라 빗꽃이 피어났다
잠시 후
양은 쟁반에 성게 칼국수를 끓여 내왔다
할망은 그 성게 내가 잡은 거라며
다시 밥 수저를 들었다
바다는 점점 사나워지고 성난 파도는
마치 늙어버린 섶섬 할망의 살아내기 위한
처절한 몸짓인 듯했다

돌꽃

제주 공천포를 걷다
얼기설기 쌓은 돌담 사이에 핀
무덤덤한 회색빛 꽃
버스를 기다리다 무심 보았다
돌틈 사이사이 연꽃인 양
늘어져 핀 꽃
지나가는 할머니 한 분에게 물었다
저 꽃 이름이 뭐냐고
돌꽃이라 했다
돌틈 사이 핀 것이니 돌꽃인가
하늘엔 구름꽃
땅엔 들꽃
연못엔 연꽃
바다엔 파도꽃
허공엔 바람꽃
돌엔 돌틈 사이 핀 돌꽃인가

용눈이 오름

바람 분다
다랑쉬 오름을 오르려다
길 잘못 들어
용눈이 오름을 오른다
뱀 주의라고 쓴 팻말을 뒤로하고
오름의 하염없는 곡선
그 완만한 능선의 구릉을 넘는다
앞서 구릉을 넘어 가는
그의 뒷모습이 김삿갓 같다
청명한 하늘의 구름과 바람 햇빛
연두빛 능선의 아름다움에
나는 발걸음을 재촉할 수 없다
오름의 능선을 중심으로
하늘과 오름의 면이 수시로 변하고 있다
한 걸음 한 걸음 부드러운 오름의 곡선은
볼 수 있으나 만질 수 없는
하늘과 가까워지는
그곳에 내가 멈추어 섰다
용의 눈을 닮아서인가
위에서 바라다 보이는 제주의 풍경이 넓고 아름답다
햇빛의 거센 바람이 내가 쓴 모자를 날려버리고
하늘 아래 기차길을 따라 도는 레일바이크가
그와 나를 태우고 초록의 들판을 가로 지른다
제주의 한 풍경이 되어버린
사진작가 김영갑의 사진 속 풍경이 그려진다

어느 동백나무 아래

제주 공천포를 지나
그냥 무심 걸어야 하는 올레
몇 년 전 들렀던 찻집
검은 돌담너머로 쪽빛 수평선이 보였다
오래된 동백나무 아래
바다는 마치 해가 내리쬐는 풍경에
검정을 흩뿌려 놓은 듯 눈부셨다
그 눈부심 아래
청견 풋귤 한 잔의 풍요로움
바다 그리미 내일학교 선생이
수평선을 배경삼아
검은 색조의 사진을 찍어주었다
가물어 녹색의 귤들이 익기도 전에
손금인 양 갈라져 있다

문주란

숨이 막힐 듯
가녀린 몸짓으로 피어오르더이다
기어이
한 마리 학의 날개로
파닥이며 솟아오르더이다
일제히
피어 황홀한 자태를 보여주더이다
이십여 년 만에
귀한 선물을 안겨주더이다

꽃길

황사로 뿌옇던 하늘이
오랜만에 맑습니다
산 능선 위로
몇 송이의 구름이
하얀 목련인 양
피었다 집니다
진달래도 피었습니다
분홍빛 능선을 따라
군인들이 행진을 합니다
바람에 활짝 핀
벚꽃이 춤을 춥니다
꽃대궐 속
예쁜 마을이 보입니다
꽃비가 온 어제
오늘 꽃동산 아래
길들이 점점 멀어집니다

큐알 코드

누군가 문을 열고 들어선다
초조한 얼굴로
뒤이어 누군가 문을 열고 나선다
순간 바람이 문 사이로 우는소리를 낸다

내가 노인인력개발센터를 찾은 것은
작년 코로나19로 사회서비스형 일자리가
생긴 때부터 일게다
다행인지 불행인지
올해도 취약계층 서포터즈 일자리가 생겼다

아직 사라지지 않은 코로나로부터
거리두기와 마스크를 쓰는 일이 일상화된
사람과의 경계를 하며 속절없는
격리의 시간을 보내고 있는 사람들

자격증이 있어도 나이와 무관하지 않은 일자리
여성인력개발센터라지만 남녀 가리지 않고
절실한 삶의 벼랑에 선 사람들이 찾는 이곳
큐알 코드가 뭐래요 하고 되묻기도 한다
수시로 쓰지 않으면 사라지는 큐알 코드

>

나는 오늘도
흐릿해진 눈 돋보기 너머
본인인증을 위한 큐알 코드를 만들어주며
나 또한 수많은 나로 이루어진
나를 확인해 본다

장봉도

길다

섬과 섬 사이

해당화 줄지어 핀 해안도로

장봉도 앞바다 수려한 비경을 보며

가막머리 전망대로 향한다

둘레길이 험해 발길을 돌려

동서로 뻗어나간

높고 낮은 외줄기 산봉

길게 뻗은 주능선코스를 탄다

숲 속 놀란 고라니 한 마리

어디론가 달아난다

산나리꽃 군락지를 지나

길 없는 길

길의 끝에서

다시 길이 시작되는

길고 긴 능선으로

다시 돌아눕는

장봉도

돌의 기억

삼국시대
돌의 기억을 더듬어 보며
징매이 고개 능선을 따라
하느재 고개를 넘어
계양산 동쪽 능선
고산성 탐방로를 걷는다
가파른 계단 하나하나를 오르며
오랜 시간 묻혀있던 돌들의 흔적
아직 덜 발견된 유적들
검은 망으로
덮혀 있는 탐방로를 걷는다
만개한 진달래 밭을 지나
능선 곳곳 파헤쳐진 붉은 흙
일제시대 때 공동묘지였던
능선 아래 무너진
돌의 기억을 더듬으며 서 있다

밤벌레 소리

달 없는 밤
어둠 속
어떤 소리
잡소리도 없는
고요 속
끊이지 않고 들리는
밤 벌레소리

시의 로스팅

나는 오늘 시를 볶는다
매일 매 순간 시의 생두에 화력을 가해 갈색으로 볶는다
나의 시의 상상력을 더해 미학적 새로움을 더해주기 위해
관념의 수분이 증발되면서 흡열반응되면서 색이 진해지고
향이 나기 시작할 때까지 부피는 50% 증가하고 무게는 반
대로 수분증발 조직해체 세포산화 등의 이유로 20% 감소
되는 라이트, 시나몬, 미디움, 하이, 시티, 풀이티, 프랜치,
이탈리안 여덟 번의 과정을 거쳐 결정적인 영향을 끼치는
시의 맛을 위해 오늘도 나는 시를 볶는다

백일홍 꽃노래

아직 뜨거운 햇빛은 남아있고
담장 그늘 아래
노인 한 분
봄부터 심어놓은 백일홍 꽃을
하염없이 바라보고 있다

아침저녁으로
굽은 허리 간신히 폈다 접었다하며
잃어버린 추억을 되찾듯
그 그림자 따라가듯
그렇게 가꾸었다

사는 건
살아 있는 건
이렇게 백일동안 지지 않고
아름답게 피어 있는 거라고

그러나
여름 내내 활활 타오르던
새빨갛게 발밑을 덮던 백일홍 꽃 위
허공에 젖은 빨래들이 말라가듯

>

출구가 없는 겹겹의 꽃처럼
꽃잎들이 얇고 가볍게 바삭거리며
말라가고 있다

말하는 그림

믹스커피 한 잔
고디바 내린 커피 한 잔
그렇게 두 잔을 타 놓고
류신의 말하는 그림을 읽고 있다
어둠 속
자라나는 거 보려고 심었다는
등 굽은 노인이
화단 부추밭 사이로 지나고 있다
무거운 발걸음으로
늙은 고양이 한 마리
등을 잔뜩 구부린 채
살금살금 기어가고 있다
가벼운 발걸음으로
그 뒤로
빛나는 눈빛을
달그림자가 따르고
아직 말하지 못하는
아이의 그림인 양
말하는 그림을
읽고 있는 커피 한 잔

4부

이별
— 형우에게

어찌 꽃이 질 때만 이별이겠느냐
어찌 잎새 질 때만 이별이겠느냐
시시때때로
흐르는 구름도
흐르는 강물도
저만치 손잡고 오는 파도들도
흙 속의 뿌리들도
흐르는 바람도
이별의 순간은 늘 오는 것이니
내 등뒤
헤어지기 싫어
금시라도 울 것 같은
아이의 커다란 눈망울
잔설인 양
내 마음에 남아있어
나 어이 대관령을 넘어갈거나
아이야 울지 마라
너는 이 세계에서
수많은 너로 이루어지리니

그림

엄마를 기다리던 율리가
새로 산 스케치북을 펼친다

산과 구름
꽃과 나무를 그린다

하얀 도화지가 분홍빛으로 물든다
온 산천에 진달래 피듯

나는 왼쪽 허벅지의 통증을 참으며
노란 알약 하나를 목에 넘기며
율리의 그림을 본다

그리운 사람들이
그 분홍색의 꽃물결을 타고
마치, 나비처럼 너울너울 날아서 온다

발가락 춤

팔 개월 된 리환이가 이유식을 받아 먹는다
기분이 좋아서일까
마치, 피아노 건반을 두드리듯
발가락을 이리저리 돌리고 있다
맛의 기쁨에
어떤 음계의 선율을 타듯
각각의 다섯 개 발가락 사이로
바람의 하프인 양 연주하고 있다
나는 그 모습에서 눈을 뗄 수가 없다
신기해서 한참을
그 발가락의 율동만 들여다보고 있었다
그런데 이유식을 다 먹고 나니
발가락 춤은 멈추었다

자외선 카드놀이

여름의 막바지 힘찬 매미소리 사이로
아이들이 줄지어 공원 잔디 위로 모여 든다
어린이집 교사가
얘들아 오늘은 자외선 카드놀이를 할거야 하며
아이들에게 카드를 나누어 준다
한동안 카드를 들여다 본 아이가
색깔이 변하지 않는다며 교사에게 물었다
"교사는 햇빛을 안 받으니 그렇지
이것 봐 보라색으로 변하고 있잖아"
태양이 그의 빛 막대기로 건드렸나
매미는 저 혼자 아니 여럿의 합창으로
밀물과 썰물의 파도를 타듯
저 멀리 쓸려갔다 쓸려오는데
아이는 여러 가지 색깔을
햇빛에 비추어보느라 정신이 없다
아이들은 오늘
이 무상의 쨍쨍한 햇빛아래
요술 같은 자외선 카드놀이로 신이 났다

물고기들

어항 속
빨주노초파남보로 사서 넣은 물고기들

한 마리
두 마리
죽어 있었다

어떤 놈은 배를 어항 바닥에 깔고
가만히 움직이지 않고 있었다

궁금해서 인터넷 검색을 해보니
왕따를 당해 죽은 것

극약 처방은
비좁게 키우라는 것
그래야 영역다툼을 할 여지가 없다는 것

먹이를 적게 자주 주라는 것
그래야 식욕을 만족시키지 않음으로써
영역에 대한 욕구가 지배하지 못한다는 것

한순간

길게
아니 짧게 숨을 내 쉬었나
순간, 한 순간
생애 한 순간
붉은 꽃봉오리
황홀히 피어 올리는
아아 기다림의 사랑으로
기어이
살아 숨쉬게 하는 당신은
기적처럼
여러 삶의 모습 안에서
그렇게 보여 주십니다

사월의 바람

새벽 3시
잠든
아니 정지해 있는 듯한
열 두 마리의 물고기
어둠 속
백목련이 버얼고
내가 불을 밝히니
물고기들도 움직인다
묵묵히 가라앉아 있던
사월 바람이
멈추지 않는

산책

진홍색 싸리꽃이 시들어간다
지는 것들은
제 몸을 다 태워 보라색으로 변한다
내가 걷는 뒷산 뻐꾸기 운다
한 바퀴 돌고 나니 또 운다
참새들이 까치들과 떼 지어 논다
유월 무더위는 기승을 부리는데
벌써 코스모스 피어 바람에 하늘거린다
무심 올려다 본 하늘
허공을 난무하는 고추잠자리 떼
멀리 가지 못하고
멧비둘기 헛걸음 빙빙 돌 듯
나의 일상 나의 투병
석양 무렵
나뭇가지에 걸린 해
황금빛으로 물들어
맞은편 아파트 유리창에 비쳐 눈부시다
뻐꾸기 울음 뚝 그쳤다

푸른 숲

만인산 푸른 숲
그 속으로 들어가 비가 왔던가
국화방에 아무도 없다
잠시 후
여자 하나 둘 모여들었다
불을 켜자 지네 한 마리 나타났다
여자 하나
기겁을 하며 까치발로 놀라
소리를 지르다
매화방으로 피신해 갔다
또 다른 여자 하나
그 모습을 지켜보다가
지네는 사람이 건드리지 않으면
물지 않는다며 느긋이 누워있다
잠시 후
여자 하나 둘
어둠속으로 사라지고
새벽 네 시
여자 하나
졸린 눈으로 들어와 왔다 갔다 하더니
나와 눈이 마주치자
불면증이 심해서 그런데 라이터가 없네요

그러더니 어둠속으로 사라졌다
저 푸른 숲
세조의 태가 묻힌 태실도 어둠일 테고
밤새 어느 구석 지네 한 놈도 어둠일 테다

우아한 죽음

비가 오고 있었다
청라 스파렉스를 나와 설렁탕 집 계단을 오르다
우연히 어디선가 본 듯한 얼굴과 마주쳤다
비도 오는데 커피라도 한 잔 하고 가시죠
그를 만난 것
시장을 가려고 건널목 신호등 앞에 서 있는데
폭염 속 땀을 흘리며 맨발의 검정구두를 신고
청라의 여심을 잡다라고 쓴 휴지 한 통을
나에게 건네주며
오피스텔 홍보를 한 사람이었다
믹스커피를 종이컵에 타며
우아하게 찻잔에 타 드려야 하는데
우아란 말끝에
호수공원 앞
비에 젖고 있던 동백이
모가지를 직선으로 떨어뜨린 채
뚝 지고 있었다

물가에서

　소금강 올갱이 흐르는 물살을 들여다보고 있었다 아이는 돌멩이를
　뒤집어 올갱이를 잡고 피라미새끼를 잡아 빈병에 담았다

　아이는 가끔 환한 웃음을 지어보이며 물장구를 치기도 했다
　이따금 푸른 물살 위로 구름이 지나가면 물속에 숨었다가도
　솜사탕 같은 구름송이를 내뿜기도 했다

　이끼 낀 바위에 미끄러지기도 하면서 그저 물이 좋은 아이는
　더위도 한낱 장난에 지나지 않았다

가을 편지

가을입니다
강릉 입암동 솔밭 아래
새벽닭이 울어 댑니다
어젯밤 창밖
붉은 십자가가 지는 노을에
유난히 빛나고 있었습니다
입암동에도 코로나19확진자가 나왔다는
안전안내문자가 떴습니다
그럼에도 저편 하늘
아침 해가 어김없이 떠오르고
촛불맨드라미꽃이 하얀 극점과 같은
이 어두운 현실을 밝히듯
색색의 촛불들로
뜨락을 환히 비추고 있습니다
누구라도 그대가 되어 받아 줄
어제 밤 쓰다 만 편지와
듣다 만 노래를
풀섶 가을벌레 울음으로 대신 묻어두렵니다
내 어제의 가을도 그러하듯
저 혼자 감나무 열매들이 홍시가 되어
까치밥으로 매달려 있고
담장 그 너머 보랏빛 다알리아 꽃들이

쓸쓸한 마음의 위안을 줍니다
코와 입을 막고 짧게 새우 숨을 몰아쉬며
살아가야 하는 코로나19 재난의 시대
몸도 마음도 아픈 그대는
어제 밤새 앓는 소리를 내며
잠이 들었습니다
앞집 닭이 또 울어 댑니다
그 울음소리와 코고는 소리 사이
음악이 흐르고
제때 학교 못가는 아이들은
한쪽 어깨가 기울어지도록
온 정신을 다 빼앗긴 채
게임에 몰두하고 있습니다
그런 아이들에게 눈 나빠진다
요놈들아 그만 두드려대라 성화를 해댑니다
아이들도 어른들도 계절을 잊은 채
시간은 곧 떠날 기차시간과 상관없이 가까워지고
아침 해가
커튼에 드리운 '라이프 이즈 뷰티풀'을 비춥니다
오늘도 어김없이 언젠가는 책을 내고 싶다는
초등학교 2학년 율리의 작은 노래인 시와
찬미의 레모네이드 산문이 톡으로 와 있을겁니다

바울라울이의 편지도 와 있을겁니다
이제 떠나야 할 시간
한잎 두잎 떨어지는 낙엽처럼
이곳의 추억들이 쌓여
못 부친 가을 편지가 될 것입니다

흔들바위

이 가을 흔들리는 게 어디 설악 흔들바위뿐이랴
청명한 가을 단풍 보며 흔들바위까지만 가자고
아직 단풍은 들지 않고
소공원 입구 수많은 인파들 울긋불긋 단풍들어
이 시대의 모든 일들은 대기상태다
케이블카 대기시간 세 시간 삼십 분
버스를 기다리는 사람들이 긴 줄로 서 있다
공중에 매달린 케이블카 옆
가늘게 수직으로 떨어지고 있는 폭포 한줄기도 길다
한참을 걷던 아이 흔들바위 닿지도 못하고
사람바위되어 엎디어 있다
아이의 머리 위
거기 사람 여럿 모여 소리를 지르며
바위를 흔들어대고 있다
소청 중청 대청 오르내리던 일이 엊그제
아으 내 가을도
아이의 꼼짝 않는 몸도 마음도 흔들어주렴

남대천의 봄

삶의 보금자리를 옮긴
남대천 살얼음 밑의 송사리 떼를 본다
봄은 어김없이 오는가
두꺼운 얼음 밑으로 졸졸 흐르는 물
그 물가 기지개를 켜려는 버들개지의 눈
녹는 물 사이로 가마우지와 오리
검은 논병아리들이 한가로이 놀고
산으로 둘러쳐진 남대천은
안목항 솔바람다리를 넘어 오는 파도
그 파도와 함께 햇빛을 받아 눈부시다
눈 쌓인 대관령의 풍력발전기가 돌고
선자령을 넘어오는 바람은
어제 밤 울었을 물억새를 일으켜 세운다
바람이 세니 파도도 세다
누군가의 혼잣말처럼
남대천의 봄은 이미 와 있다

경포 솔밭을 걸으며

파도를 보며
살아있는 삶을 생각해 본다
사람과 물질의
어제의 파도
자연을 선택한
오늘의 파도
허심평의
내일의 파도
묶여있는 네모난 것에서
디근으로
한쪽 면이 트인
그런 파도
결국 파도는
모래밭에서
누군가 그림을 그리고 있는
막대기 안으로 스며들 듯
수없이 쌓인 조개껍데기
그 시간의 알 수 없는
끝자락에서 거품을 물고 사그러든다
개 한 마리를 데리고
바닷가 모래밭을 거닐며
수평선을 바라보던 아이가 물었다
바다 저 끝이 어디냐고

바람이 불었다

오늘 바람 많다
흐르는 물도 탁하다
갑자기 바닷가에서 날아 온
갈매기 한 마리 제 날갯짓에 저 혼자 놀란다
허공을 향해 날아오르던 갈매기
휘청이며 바람을 타며 뒤로 밀리고 있다
날갯짓을 못하고 마는
오늘의 바람
삶도 수시로 바람의 방향을 탄다
얼마를 걷다가
오동나무 아래 빈 의자에 앉아
물억새 바람에 쓸리며 눕는 걸 본다

오늘도 걷다

길을 걷다가
늙어서 외로운 건
안 좋은 거라고
제방을 걷던 여자의 말
바람을 타고
남대천 물을 거슬러
오르는 숭어 떼
그 위로 솟아오른다
저 건너
낚시꾼 하나
훌치기로 커다란 숭어 한 마리
반원을 그리며 건져 올린다
어제와 다른
오늘의 버들개지

갈매기들

바람 많다
그 바람 타고
오늘도 솔바람다리를 넘어 온
수많은 갈매기 떼
모래톱 위에 하얀 목련처럼 피어있다
한 마리
두 마리의 날갯짓에
앉아있던 갈매기들
소리를 내며
한꺼번에 솟아오르며
공중 알 수 없는 그림의
원을 그리며 비행한다
만개한 목련꽃이 한꺼번에 떨어지고 있다
수시로 변하는
바람의 알 수 없는 신호처럼
내 발걸음도 휘청인다
바람의 길을 따라
나 어디로 향하고 있는가

봄의 마음

연일 바람이 불고
벚꽃은 만개했다
꽃나무 아래
누군가
세워 둔
자전거 하나
그 위
몇 마리의 물고기
플라스틱 통에 갇혀
헤엄치고 있다
그리고
반쯤 베어 문
바나나 반쪽
주인은
봄을 놔두고
어디로 갔을까
꽃잎이 하나 둘
떨어지고 있는데

직소폭포의 길

반경환 『애지』 주간 · 철학예술가

직소폭포의 길

반경환 『애지』 주간 · 철학예술가

천금순 시인은 서울에서 출생했고, 1990년 『동양문학』 신인상으로 등단했으며, 시집으로는 『마흔세 번째의 아침』, 『외포리의 봄』, 『두물머리에서』, 『꽃그늘 아래서』, 『아코디언 민박집』 등이 있다. 천금순 시인의 여섯 번째 시집인 『직소폭포를 보다』는 "세상사 번뇌 사라지듯/ 새소리로 귀를 씻고/ 직소폭포 한줄기로 마음을 비운다"라는 시구에서처럼 자연인의 삶, 즉, 자연과 인간이 하나가 된 천하제일의 시인의 길이라고 할 수가 있다. 너도 시인이 될 수가 있고, 나도 시인이 될 수 있다. 정치인도 시인이 될 수가 있고, 학자도 시인이 될 수가 있다. 군인도 시인이 될 수가 있고, 의사도 시인이 될 수가 있다. '직소폭포의 길'은 '꽃길'이고, '꽃길'은 온몸으로 시를 쓰는 '시인의 길'이라고 할 수가 있다.

방드르디를 쓴 미셸 투르니에가 죽었다

계절의 순환 속에

어김없이 봄이라는 계절을 확인하듯

일제히 수직으로 솟아오르던 목련도

벚꽃도 눈보라처럼

내 등뒤로 흩날리며 다 졌다

지는 것은 아름다운가

아름다움은 주위에 허무를 만들어내고 있다

벽에 걸린 달력의 커다란 숫자를

나는 확인하고 있다

또한 메밀국수를 끓이면서 3분을 재고 있다

나는 아직도 매일, 매 시간, 매 분, 그 다음날

시간, 혹은 분 쪽을 향하여 (기울어지고) 있는가

땅 속에 묻힌 씨앗처럼

바윗덩어리 속에 갇혀 있었지만

지금은 그늘을 드리우는 거대한 나무처럼

섬의 주인이 된 방드르디 (그리스도가 죽은 날)

저 피고 지는 꽃들의 순간적인 눈부심이야말로

심층 속에 묻혀 있던 평화가

화산 폭발하듯 개화한 것이 아닌가

"시간을 낭비하지 마라 그것은 생명을 이루는 바탕이나니."

　　　― 「방드르디를 읽다」 전문

미셸 투르니에(1924~2016)는 프랑스가 배출해낸 세계
적인 작가이며, 그의 대표작은 『방드르디, 태평양의 끝』이

라고 할 수가 있다. 다니엘 디포의『로빈슨 크루소』가 사회적 동물로서의 인간의 문명을 등지고 28년 동안이나 무인도에서의 삶을 그려낸 걸작품이라면, 미셸 투르니에의『방드르디, 태평양의 끝』은 다니엘 디포의『로빈슨 크루소』의 패러디이면서도 다니엘 디포의 가치관을 전면적으로 부정한 자연인의 삶을 완성해낸 걸작품이라고 할 수가 있다. 로빈슨 크루소는 그토록 어렵고 힘들게 무인도살이를 하던 중, 원시 자연인인 프라이데이를 그의 하인으로 삼을 수가 있었지만, 그러나 그는 자연인의 삶을 살아가지 못하고, 기독교와 자본주의, 그리고 대영제국의 제국주의를 열광적으로 찬양하는 문명인일 뿐이었던 것이다. 이에 반하여, 방드르디(프라이데이의 프랑스식 이름)는 서양문명의 대명사인 로빈슨 크루소를 자연화시켜 그와 함께 모든 옷을 벗어버리고, 그 어떤 거추장스러운 물건도 만들지 않고, 자연 그대로의 인간의 삶을 살아간다.

천금순 시인의「방드르디를 읽다」는 여행자, 혹은 구도자의 삶을 살아온 시인의 인생관과 세계관이 가장 잘 드러난 시라고 할 수가 있다. "방드르디를 쓴 미셸 투르니에가 죽었다"는 '모든 인간은 죽는다'는 그의 인생관이 되고, "저 피고 지는 꽃들의 순간적인 눈부심이야말로/ 심층 속에 묻혀 있던 평화가/ 화산 폭발하듯 개화한 것이 아닌가"는 그의 세계관이 된다. 모든 인간이 죽는다는 것은 어느 누구도 거부할 수 없는 절대명제가 되고, 따라서 어떻게 살아야 할까는 그의 삶의 과제이자 목적이 된다. 미셸 트루니에도 죽었고, 일제히 수직으로 솟아오르던 목련도 졌고, "벚꽃도 눈보라처럼/ 내 등뒤로 흩날리며 다 졌다." 비록, 지는 것은 아름답고 아름다운 것은 허무를 만들어낼 수도 있지만, 그러나 시간을 낭비하지 말아야 한다. 왜냐하면 천하제일의 섬주인이 된 방드르디처럼, "저 피고 지는 꽃들의 순간적인 눈부심이야말로" 진정한 삶의 목적이 되고 있기 때문이다.

과연 어떠한 삶이 이 세상에서 가장 아름답고 눈부신 꽃길일 수 있을까? 방드르디처럼 그 모든 것을 다 거부한 자연인의 삶을 살 것인가? 로빈슨 크루소처럼 끊임없이 현대 문명을 찬양하면서 살아 갈 것인가? 이것은 매우 어렵고도 힘든 문제이지만, 그러나 우리 인간들은 어느 정도 문명의 혜택을 누리고 살면서도 가능하면 자연을 훼손하지 않는 삶을 살아가지 않으면 안 된다. 자연은 문명보다도 더 크고, 우리 인간들은 결코 자연을 정복할 수가 없다.

천금순 시인의 「방드르디를 읽다」는 자연인 방드르디를 찬양하며, 이 세상의 꽃을 피우고, 그 지는 것의 아름다움을 완성하기 위한 시라고 할 수가 있다. 이 세상의 탄생은 그의 출발점이 되고, 꽃을 피우는 것은 절정이 되고, 죽음은 그의 목적이 된다. 미래가 현재를 지배하고, 비존재가 존재를 지배하는 역도인과성逆道因果性의 길이야말로, 이 세상에서 가장 아름다운 '꽃길'일 것이다. 요컨대 천금순 시인의 '직소폭포의 길'은 그의 '꽃길'이고, 그의 '꽃길'은 모든 번뇌 다 사라지듯 새소리로 귀를 씻고, 직소폭포 한줄기로 마음을 비운 자연철학의 길이라고 할 수가 있는 것이다.

봄바람을 타고 변산반도 암봉 쇠뿔바위봉으로 간다
국립공원 휴식년제에서 풀려 난지 2년이 지났는데

산불방지로 못 오른다 하여 발길을 돌려

실상사 직소폭로로 향했다

낮은 보리들이 파릇파릇하고

냉이를 캐는 아낙네들

오랜 실상사 절터 뒤

암자에서 들려오는 반야심경 목탁소리

세상사 번뇌 사라지듯

새소리로 귀를 씻고

직소폭포 한줄기로 마음을 비운다

지금 떨어지고 있는

저 폭포는

삶과 죽음을 동행하고 있는

시詩의 마음 아닐까

　　　─「직소폭포를 보다」 전문

　소위 성공한 자들은 대부분이 대사기꾼들이라는 말이 있다. 의사는 수많은 환자들이 발생해야 한다고 생각하고, 변호사는 수많은 사람들이 고소 고발을 해야 한다고 생각한다. 군인들은 시시때때로 전쟁이 일어나야 한다고 생각하고, 재벌들은 아주 값싼 제품을 아주 비싼 값에 팔아야 한다고 생각한다. 과연 우리 의사들이 이승과 저승을 넘나드는 환자들의 고통을 진정으로 이해하고, 과연 우리 변호사들이 수많은 소송전으로 인해 가산을 다 탕진하고 패가망신하는 의뢰인들의 고통을 이해하고 있단 말인가? 과연 우리 군인들은 대량살상 무기에 의하여 그 어떠한 참상이 일어났는가를 이해하고, 과연 우리 재벌들은 이 땅의 서민들이 그 최저생활의 밑바닥에서 그 얼마나 신음하고 있는가를 이해하고 있단 말인가?

소위 정치인들과 학자들과 사제들과 예술가들은 돈과는 무관한 사람들이며, 그들이 돈을 밝히게 되면 진정한 정치인과 학자와 사제와 예술가의 길을 걸어갈 수가 없다. 정치인들과 학자들과 사제들과 예술가의 길은 '무보수 명예직의 길'이며, 그들의 돈에는 저주가 달라붙어 있어 악마처럼 그들을 타락시킨다. 왜냐하면 그들은 그들이 소속된 사회와 전체 인류에게 봉사하기 위해 나선 사람들이지, 돈을 벌기 위해 나선 사람들이 아니기 때문이다. 상업예술가는 거짓말의 화신이자 변절의 대가가 되고, 순수예술가는 정의의 화신이자 전인류의 스승이 된다. 돈과 명예는 같은 무대에 설 수가 없고, 지옥으로 가는 길은 선의로 포장되어 있다.

꽃무릇 다 진 선운사
고즈넉한 새벽
이 고요
도솔암 가는 길
떨어진 도토리 가득하다
물소리
새소리
바람소리
아니
내 등뒤
누군가의 노랫소리
— 「도솔암 가는 길」 전문

불교의 우주관에 따르면 세계의 중심은 수미산이며, 그 꼭대기의 12만 유순 위에 도솔천이 있다고 한다. 석가모니가 보살일 당시에 끊임없이 정진을 했던 곳이 도솔천이고, 도솔천은 미래의 부처를 탄생시킨 성지라고 할 수가 있다. 도솔암은 미래의 부처가 사는 곳이며, 모든 욕망을 다 비우고 꽃무릇 지듯 해탈을 하지 않으면 안 된다. "꽃무릇 다 진/ 선운사/ 고즈넉한 새벽/ 이 고요/ 도솔암 가는 길/ 떨어진 도토리 가득"하고, "물소리/ 새소리/ 바람소리/ 아니 내 등 뒤/ 누군가의 노랫소리" 등─, 그 모든 것이 아름답고 자연스럽지 않은 것이 없다.

한 알의 씨앗이 꽃을 피우고 죽는 것도 한순간이고, 한 생명이 태어나 자식을 낳고 죽는 것도 한순간이다. 시간은 너무나도 짧고, 빠르고, 시간은 결코 되돌릴 수도 없다. 시간을 낭비하지 않는 것이 최선의 꽃길이며, 이 '직소폭포의 길'은 삶과 죽음이 동행하는 '시인의 길'이라고 할 수가 있다. 산다는 것은 죽는다는 것이고, 죽는다는 것은 산다는 것이다. 탐욕은 만악의 근원이며, 소위 성공한 대사기꾼들은 하루바삐 은퇴를 하고 진정으로 그가 소속된 사회와 인류 전체를 위해 봉사할 수 있는 길을 찾아 나서지 않으면 안 된다. 천금순 시인은 「도솔암 가는 길」 이외에도 수많은 꽃에 대한 시들을 썼는 데, 「소풍」, 「방드르디를 읽다」, 「문주란」, 「한순간」, 「꽃길」, 「꽃이 진다」, 「사람꽃」, 「백일홍 노래」 등이 바로 그것을 말해준다.

꽃은 생존의 결정체이며, 온몸으로 자기 짝을 부르는 구애활동이라고 할 수가 있다. 이 구애활동이 사랑이라면 사랑은 꽃을 피우며, 이 꽃을 통해 자기 자신의 아름다움을 그 무엇보다도 가장 압도적으로 드러내고 있는 것이라고 할 수가 있다. 아름다움은 종의 건강과 종의 미래가 되고, 아름다움은 또한, 종의 행복과 종의 영원성을 보장해 준다. 모든 생명체들이 이 세상에 태어나 꽃을 피우고 죽는 것이 자기 자신의 의사가 아니듯이, 이 삶의 의지는 종족의 의지가 개체성으로 숨어든 것에 지나지 않는다. 나도 꽃을 피우기 위해 최선을 다해 살고, 너도 꽃을 피우기 위해 최선을 다해 산다. 풀과 나무도 꽃을 피우기 위해 최선을 다해 살고, 벌과 나비도 꽃을 피우기 위해 최선을 다해 산다. 이때에 각자는 자기 자신이 이 세상의 주인이자 로맨스의 주인공이라고 착각을 하지만, 그러나 그것은 종족의 신이 그들에게 부여한 착시현상에 지나지 않는다. 요컨대 이 사랑의 싸움이, 그 발정기에는 곧잘 목숨을 건 혈투로 이어지지만, 그러나 이 세상의 모든 드라마는 로맨스로 결정되고 있는 까닭이 바로 여기에 있는 것이다.

돌틈 사이 핀 것이니 돌꽃인가
하늘엔 구름꽃
땅엔 들꽃
연못엔 연꽃
바다엔 파도꽃
허공엔 바람꽃
　―「돌꽃」 부분

우아란 말끝에
호수공원 앞

비에 젖고 있던 동백이
모가지를 직선으로 떨어뜨린 채
뚝 지고 있었다
　　― 「우아한 죽음」 부분

숨이 막힐 듯
가녀린 몸짓으로 피어오르더이다
기어이
한 마리 학의 날개로
파닥이며 솟아오르더이다
일제히
피어 황홀한 자태를 보여주더이다
이십여 년 만에
귀한 선물을 안겨주더이다
　　― 「문주란」 전문

　꽃은 생존의 결정체이며, 아름다움은 종족의 가장 이상
적인 형태이다. "돌틈 사이 핀 것이니 돌꽃인가/ 하늘엔
구름꽃/ 땅엔 들꽃/ 연못엔 연꽃/ 바다엔 파도꽃/ 허공엔
바람꽃"이라는 「돌꽃」처럼 이 세상에 꽃 아닌 것이 없고,
"우아란 말 끝에/ 호수공원 앞/ 비에 젖고 있던 동백이/ 모
가지를 직선으로 떨어뜨린 채/ 뚝 지고 있었다"의 「우아한
죽음」이나 "순간, 한순간/ 생애 한순간/ 붉은 꽃봉오리"의
「한순간」, "이십여 년만에" "피어 황홀한 자태를 보여"주는
「문주란」처럼, 이 세상에 온몸으로, 온몸으로 꽃을 피우지
않는 생명체는 없다. 꽃길은 직소폭포의 길이고, 직소폭포

의 길은 시인의 길이다. 시인의 길은 사람꽃의 길이고, 사람꽃의 길은 자연과 인간이 하나의 풍경이 되는 길이다.

이 세상의 삶은 만물의 영장의 삶이 아닌 자연의 삶이며, 이 자연의 터전을 벗어나서는 그 어떤 생명체도 살 수가 없다. 장자와 노자가 '무위자연의 삶'을 강조한 것도 그렇고, 에피쿠로스 학파와 스토아 학파의 철학, 그리고 장 자크 루소의 철학도 자연의 삶을 강조한 철학에 지나지 않는다. 탐욕을 만악의 근원이라고 규정하고 탐욕을 제거하는 것에서 출발한 모든 종교들도 그렇고, 따라서, 따지고 보면, 오늘날의 문명인들처럼, 반자연적이고 파렴치한 악마들도 없을 것이다.

> 자연휴양림을 지나
> 천상병 시인의 옛집으로 가고 있다
> 시인이 살았던 집
> 시인은 없고
> 빈 부뚜막의 솥단지 하나
> 꽃 화분 두어 개
> 비에 젖고 있다
> ─「소풍」 부분

> 한 걸음 한 걸음 부드러운 오름의 곡선은
> 볼 수 있으나 만질 수 없는
> 하늘과 가까워지는
> 그곳에 내가 멈추어 섰다
> 용의 눈을 닮아서인가

위에서 바라다 보이는 제주의 풍경이 넓고 아름답다
햇빛의 거센 바람이 내가 쓴 모자를 날려버리고
하늘 아래 기차길을 따라 도는 레일바이크가
그와 나를 태우고 초록의 들판을 가로 지른다
제주의 한 풍경이 되어버린
사진작가 김영갑의 사진 속 풍경이 그려진다
— 「용눈이 오름」 부분

내 가슴을 어루만져주는
봄꽃 화사한 미소를 만나러 갑니다
환자의 내면의 고통과 병을
마음으로 치료하는 그를
나는 사람꽃이라 부르고 싶습니다
— 「사람꽃」 부분

천금순 시인의 여행시들은 꽃길을 찾아다니는 시이며, 그는 꽃길에서 너무나도 인간적이고 자연과도 하나가 된 사람꽃을 만나고 그 꽃에 감동을 하게 된다. 방드르디의 남 태평양, 사진작가 김영갑의 제주도, 천상병 시인의 안면도 옛집, 코로나 시대의 강릉 입암동, 네팔 대지진 때의 카투 만두, 국립중앙박물관 안의 폼페이, 지리산의 아코디언 민 박집, 꽃대궐 속의 꽃길, 세월호가 침몰한 팽목항 등이 바 로 그것을 말해준다. "지리산을 돌고 돌아 소릿길"을 만들 고 죽어간 "아코디언 민박집" 주인도 사람꽃이고, 제주도 의 풍경 자체가 된 사진작가 김영갑도 사람꽃이다. 이 세상 에 소풍 왔다가 하늘나라로 돌아간 천상병 시인도 사람꽃이고, "환자의 내면의 고통과 병을/ 마음으로 치료"해주는 의사도 사람꽃이다.

천금순 시인의 '꽃시' 중에서 가장 아름다운 시는 「바다의 무덤」이 되어 온몸으로 영원불멸의 꽃을 피우고 있는 문무대왕이라고 할 수가 있다.

> 저 검은 동해
> 봉길리 앞바다
> 대왕암 바위 속 문무대왕릉
> 십자형 수로 가운데
> 봉긋 솟은 화강암 위
> 갈매기 떼 꽃인 양 앉아있다
> "내가 죽으면 화장하여 동해에 장례하라
> 그러면 동해의 호국용이 되어 신라를 보호하리라"
> 문무왕의 유언에 따라 바다의 무덤이 봉긋 솟았다
> 쏴~아 주상절리의 절창
> 사람과 돌과 바다가 하나 되어
> 출렁이고 있는 저 무덤들
> ― 「바다의 무덤」 전문

국가가 있고, 국민이 있는가? 국민이 있고, 국가가 있는가? 국가를 강조하면 국민의 자유가 제한되고, 국민을 강조하면 국가의 조직과 그 질서가 무너진다. 중요한 것은 도덕과 법률, 즉, 그 구성원들의 사회적 약속에 따라 가장 이상적인 국가를 건설하는 것이지만, 그러나 국가의 존립 자체가 위험에 빠질 때면 국가가 우선시 되어야 하고, 모든 국민들은 국가의 명령에 복종하지 않으면 안 된다. 사람꽃은 자연과 하나가 된 풍경이며, 이 자연과 하나가 된 풍경은 자기 자신의 모든 욕망을 다 비운 구도자만이 피울 수 있는 풍경이라고 할 수가 있다. 사람꽃은 구도자의 모습이며, 우리 인간들의 가장 이상적인 형태라고 할 수가 있다. 천금순 시인의 꽃길은 직소폭포의 길이고, 직소폭포의 길은 시인의 길(사람꽃의 길)이라고 할 수가 있다. "아흐 꽃이 진다/ 세월호 침몰 90일째", "세월호 참사는 끝나지 않았다"(「꽃이 진다」)라고 팽목항을 찾아가고, "입으로만 외치는 구호가 아니다/ 어제의 희생과 민주주의를 위하여 외치고 있는 것이다"(「겨울광장에 서서」)라고, 촛불을 들고 그 구원의 손길을 펼쳐 나간다. 아는 것은 실천하는 것이며, 실천하는 것은 수많은 사람의 꽃을 피우는 것이다.

조국애는 사람꽃의 가장 이상적인 형태이며, 모든 국민과 하늘의 마음을 감동시킨다. "저 검은 동해/ 봉길리 앞바다" 대왕암 바위 속에 핀 꽃, "십자형 수로 가운데" "화강암 위/ 갈매기 떼"로 핀 사람꽃, ""내가 죽으면 화장하여 동해에 장례하라", "동해의 호국용이 되어 신라를 보호하리라"의 사람꽃, "사람과 돌과 바다가 하나 되어" "쏴~아 주상절리의 절창"으로 핀 문무대왕꽃─. 「바다의 무덤」은 최고급의 인식의 제전의 승리이며, 천금순 시인의 '직소포의 길', 그 시인 정신이 피워낸 '사상의 꽃'이라고 할 수가 있다.

그대
밤새 앓는 소리
난 잠을 이룰 수가 없다

반쯤 열어 둔 창

반달이 서서히 오른쪽으로 이울고 있다

달아 난

내 잠과 더불어

내 말똥말똥한 눈망울도 이울고 있다

새벽 3시

시계 초침소리

아으 다리야

아으 엉치야

아으 어깨야

아으 힘들어

아으 엄마

하루도 빠지지 않고

온몸에 맨소래담 바르고

출근 도장을 찍으러 가는 그대

온몸으로 우는 절정의 매미소리 뒤로하고

온몸으로 우는 풀벌레 소리 뒤로하고

온몸으로 우는 달빛 뒤로하고

어느 새

그대 앓는 소리로 가을 깊다

— 「그대」 전문

이 세상에서 가장 아름다운 풍경은 무엇이고, 이 세상에서 가장 아름다운 길은 무엇인가? 이 세상에서 가장 아름다운 꽃은 무엇이고, 이 세상에서 가장 아름다운 삶은 어떤 삶인가? 이 세상에서 가장 아름다운 풍경은 직소폭포이고,

이 세상에서 가장 아름다운 길은 꽃길이다. 이 세상에서 가장 아름다운 꽃은 사람꽃이고, 이 세상에서 가장 아름다운 삶은 문무대왕처럼 조국의 수호신으로 죽는 것이다. 아름다움은 가장 순수하고 가장 이상적인 형태이지만, 그러나 어느 누구나 아름다움의 주인공이 될 수 있는 것은 아니다. 아름다움은 천길 벼랑 끝에 있고, 아름다움은 '화무십일홍' 속에 있다. 아름다움은 최하천민의 노동 속에 있고, 아름다움은 가장 처절하고 비참한 죽음 속에 있다. 꽃길은 직소폭포의 길이고, 직소폭포의 길은 사람꽃의 길이고, 사람꽃의 길은 단 하나뿐인 몸으로 자기 자신의 목숨을 바치는 순교자의 길이다.

그대는 나이고, 나는 그대의 짝궁이다. 그대도 산업전선의 밑바닥에서 노동을 하며 살고, 나도 여성개발인력센터에서 도우미로 일을 하며 시를 쓴다. 그대 밤새 앓는 소리에 잠을 이룰 수가 없고, 반쯤 열어 둔 창으로 반달이 서서히 오른쪽으로 이울고 있다. "새벽 3시/ 시계 초침소리/ 아으 다리야/ 아으 엉치야/ 아으 어깨야/ 아으 힘들어/ 아으 엄마/ 하루도 빠지지 않고/ 온몸에 맨소래담 바르고/ 출근 도장을 찍으러 가는 그대"의 신음소리는 온몸으로 우는 매미소리와 풀벌레소리와도 같고, "어느 새/ 그대 앓는 소리로 가을"은 깊어만 간다.

꽃은 상처이고, 상처는 고통이다. 꽃길은 가시밭길이고, 시인은 온몸으로 그 비명 소리를 토해내는 악기와도 같다.

모든 꽃은 고통으로 피어나고, 모든 꽃은 고통으로 열매를 맺는다. 이 아름다움, 이 아름다운 시, 즉, '사상의 꽃'은 그 고통의 절벽을 바라볼 때만이 아름다울 뿐이다.

모든 독자는 자기 자신의 안정성을 확보한 독자이고, 모
든 시인은 자기 자신이 몸소 천하제일의 직소폭포에서 뛰
어내리는 연기자일 뿐이다.

　　황사로 뿌옇던 하늘이
　　오랜만에 맑습니다
　　산 능선 위로
　　몇 송이의 구름이
　　하얀 목련인 양
　　피었다 집니다
　　진달래도 피었습니다
　　분홍빛 능선을 따라
　　군인들이 행진을 합니다
　　바람에 활짝 핀

　　벚꽃이 춤을 춥니다
　　꽃대궐 속
　　예쁜 마을이 보입니다
　　꽃비가 온 어제
　　오늘 꽃동산 아래
　　길들이 점점 멀어집니다
　　　─「꽃길」 전문

천금순

천금순 시인은 서울에서 출생했고, 1990년『동양문학』신인상으로 등단했으며, 시집으로는『마흔세 번째의 아침』,『외포리의 봄』,『두물머리에서』,『꽃그늘 아래서』,『아코디언 민박집』등이 있다. 천금순 시인의 여섯 번째 시집인『직소폭포를 보다』는 "세상사 번뇌 사라지듯/ 새소리로 귀를 씻고/ 직소폭포 한줄기로 마음을 비운다"라는 시구에서처럼 자연인의 삶, 즉, 자연과 인간이 하나가 된 천하제일의 시인의 길이라고 할 수가 있다. 너도 시인이 될 수가 있고, 나도 시인이 될 수 있다. 정치인도 시인이 될 수가 있고, 학자도 시인이 될 수가 있다. 군인도 시인이 될 수가 있고, 의사도 시인이 될 수가 있다. '직소폭포의 길'은 '꽃길'이고, '꽃길'은 온몸으로 시를 쓰는 '시인의 길'이라고 할 수가 있다.

이메일 : cgspoet@hanmail.net

천금순 시집

직소폭포를 보다

발   행   2022년 4월 29일
지 은 이   천금순
펴 낸 이   반송림
편집디자인   김지호
펴 낸 곳   도서출판 지혜 • 계간시전문지 애지
기획위원   반경환 이형권
주   소   34624 대전광역시 동구 태전로 57, 2층 도서출판 지혜 (삼성동)
전   화   042-625-1140
팩   스   042-627-1140
전자우편   ejisarang@hanmail.net
애지카페   cafe.daum.net/ejiliterature

ISBN : 979-11-5728-469-6 03810
값 10,000원

* 본 도서는 인천광역시와 (재)인천문화재단의 후원을 받아 '2022 예술표현활동지원사업'으로 선정되어 발간되었습니다.